日々思いのままに

伊藤タヤ子
ITO Tayako

文芸社

はじめに

思い出は遠くにない
年と共に私のうしろから
ついて来る
人生と共に
自分と語り合う
あなたとの思い出は
どこへも行かない
楽しかったこと
苦しかった時
今は楽しい思い出と共に
それがこの詩の中に
私の人生がある

日々思いのままに

今ここに遠い昔の
足跡がある
うしろ振り返り
ここに呼ぼう
忘れていたあの頃
今思い出してあげよう
遠い昔の事です
若い時もあったのね
もう戻れないけど
ずっとついて来たのね
私のそばで今もいる

いつも願って
祈りを捧げる
わがまま言ったらゴメンナサイ
私は心から
幸せ祈る
聞いてくれるだろうか
分かってくれるだろうか
私の大切な人達
守ってくれますか
いつまでもいつまでも
幸せは永遠にと

私が向こうにいる時は
こっちの幸せ望んで
私がここに居る時は
向こうの幸せ希んで
やさしいまなざしに
行ったり来たり
私の行く道　迷いながら
扉を開ければ私の行く道

昨日も暮れた
今日も暮れた
今日も夜になって終わりね
明日はまた新しい日が始まる
私の知らない何かが始まる
そして何かが待っている
何があるだろう
探しに行こうか
明日逢いに行こう

あの時私は若かった
いっぱいいっぱい
広い未来があった
そしてついて来た
私の未来はまだある
どこまでもいつまでも
でも途中で切れないでね
途中で諦めないでね
私は行く私の道を
つれていってくれますか

白い雪に遊べ遊べ
声高く真白くなって
遊べ遊べ
駆け出す子にどこまでいくの
駆ける駆ける
犬のように追いかけて追いかけて
新しい雪に積もる雪
雪を空に飛ばして
遊べ遊べ
どこまでも犬も駆ける

霧氷光る氷
寒い冬に桜が咲いているように
山一面霧氷の花の山です
冬に木々は霧氷をまとい
青い空に輝くのです
きれいな空気がみえますか
澄んだ空気が雪山に光って
霧氷の花が咲く
心まで澄んで霧氷に近づく

花を咲かせたい
あの山にあの丘に
花いっぱい咲かせてみたい
きれいだね〜
それだけでいいの
それだけで
花にいやされ
花の話に花が咲く
みんなの心に花をあげる
逢いに来て

あなたが行く山が呼んでいる
歩くつらくても
それでも登る
道端のかれんな花にいやされ
木々のささやき
鳥の声も仲間を呼ぶのか
登ろう歩いて歩いてもうすぐ着く
あの山が呼んでいる

きれいって幸せな時
きれいを何回言っても
きれいはきれい
花がきれい
水がきれい
桜がきれい
景色がきれい
きれいはたくさんある
心のやさしさは
きれいな心
みえなくてもきれいはわかる
きれいをいっぱい
見つけてあなたにあげる

人に愛　地に花　空に太陽
愛に叫び　愛に泣き　愛に笑う
愛に唄う　愛に踊り　愛に走る
愛にかける　愛にさけび　愛に来る
愛に喜ぶ　愛にいかり　愛につまずく
愛に抱きあい　愛に暮らす　愛に生きる
愛は限りなく

雪が降っている
静かに音もなく
電気の光に照らされて
キラキラ輝く雪
花火が散ってゆく
この手をそっとさし出して
すくいたくなるフワフワ舞う雪
風に舞い上がり踊っている
いつまでも見ていて
時が流れる

オーロラ見たことありますか
大空に突然現れて
ゆらゆら揺れて
波のようにカーテンのように
揺れて揺れて踊っている
カーテンが揺れる私もくるくる回る
あっちにもこっちにも
空の大空の何処から来るでしょう
そして我の前に舞台があり
激しく踊ってカーテン開けたり閉めたり
ゆらゆら揺れる風のいたずらか
緑になったり青になったり紫になったり衣かえて
激しい踊りのあとに静かに
揺れながらカーテンは
ゆっくり揺れながら遠く去っていった

ねこがこっち見ています
何か言いたそうに
何か話ししたくて
友達になりたいのでしょうか
そっと声かけたら
すり寄って来て
ほほすり寄せる
淋しかったのかな
私を待っていたのか
家に静かに帰っていった

やっぱり時代は変わった
小さな子でもスマホいじって遊んでいるのに
昭和の人間と
平成　令和の人間と
そして一番変わったのが
コロナが来てから
コロナで世界が変わった
何も知らないコロナに
恐れていた頃
世の中変わった
もう戻らない
昭和の人間は
どんどん追いやられて
いつか消えていなくなる

若者と一緒に語ろう
青春分けてもらって
何を語ろうそんなわけで
今のカタカナ語で
私はチンプンカンプン
タブレット、テレワーク、インフルエンサー、
ユーチューバー、トレンド、イノベーション
その他いろいろあって
話にもついていけない
やっぱり青春分けてもらえない
昭和が一番良かった
あゝもう帰れない青春
今 老年悲しすぎる

人は花を探し
花は人を呼んでいる
花にいやされ
どんな宝石より
花は輝いている
花よ今目の前の花よ
連れて帰りたいけど
また来るね

笑え笑え
みんな笑っている
何見て笑っている
ただ話して笑っている
おもしろいのおかしいの
笑いころげる
人の話はかぎりない
笑う　あなたに逢っただけで
笑う　何でもないのに笑う笑いは楽しい
また逢おう

何か辛い時　苦しい時　やまいになった時
人は頑張ってという
今でも頑張って生きているのに
これ以上どう頑張ればいいの
それを教えてほしいの
頑張る力のそれ以上に何を語ろう
頑張って頑張って
それでも辛いのよ苦しいのよ
それなのにあとどうすればいいの
でもでも沈んではいられない
他人に頑張ってと言われても
頑張っているのよ
あなたの知らない所で
頑張っているのよ
私は思うそんな時静かに
本を読もう本がいろいろ教えてくれる
いやしてくれる

行きすぎは良くない　まだ未熟なの
あまり急がせないで人生はまだ長い
その途中で決めればいい
子供は勉強だけがすべてではない
友達と遊ぶこともマンガの本読むことも
ゲームして楽しむことも
外で遊ぶこともみんな大事なこと
あなたは何のために生まれて
来たのですか
成績良くていい会社に就職して
それだけですか
その先が大事なのです
あなたの好きなこと探すことです
子供の時は子供なりに
社会に出たら社会人として
これからの人生
いろいろあるよ

紅葉のジュータン
ふわふわと
風に舞って踊りながら
あたりを見まわして
そこに散る
重なり合って静かに踏む
ハラハラと散ってこの景色
雨が降ればキラキラ輝いて
目をみはるよう
生き返ったように輝く
私はこの光景が好きだ

いつの日の
あの夢は
今もそのあたり
見つけたの
静かにじっとしていたら
私の前で止まって
私を誘った

苦しみの中に
小さな喜び見つけて
大事に大事に
包み込んで
抱き締める

あなたに誘われてうたいます
気持ちを込めてうたいます
私の好きな私のうた
声高らかに
いつもそのうたうたって
元気になる
私にピッタリついてくる
いつでもうたいます
私に捧げる私のうた
それは「坊がつる讃歌」
私の大好きな歌です

こんな天気のいい日いつも山を思い出す
山が呼んでいる
私を思い出して
山が呼んでいる
大きな青空、広い草原
さわやかにゆれる
木々のささやき
鳥の鳴き声恋のうた
沢を流れる水の音
坂を登り下り
そんな私がいつかいた
時々こうしてついてくる

誰にだってだれにだって
見えない所がある
隠しているのだろうか
じっと耐えて心が解ける日を
解けたら笑顔になって
帰って来てね
早く帰してあげよう
話を聞いてあげよう
今日も誰か待っている

私一人ここにいる
立ち止まりふり向いて
何もなくここに居る
遠くからついて来た
もうふり向くのはやめよう
年老いてこれから歩む道
決めよう
何もなくたっていい
今日の楽しみと
明日があれば

悲しくて流す涙の代わりになるものは
耐えることか
胸にしまって耐えることか
その内見えなくなって消えるのか
いや涙は流そう
いっぱい流そう
気がすむまで流そう
涸れるまで流そう
涙は訳を知っている
涙もきっと泣いている
流した涙はどこへ行く
きっと日々が乾かしてくれる

私は小さい時
怖い時、淋しい時、暗い時
母を呼んだ
母さえいれば守ってくれた
私も子供産んだ時
この子は母を求めている
いつどんな時でも
母しか守ってあげる人はいない
誰だって小さい時は母を求める
そばにいて大事に守ってあげよう
あなたの求めるものは
私だけ私だけ
ずっとずっと私の子供だから
でもいつか独り立ちして
旅立っていくだろう

愛と恋は違う
子供は愛せるけど
子供に恋する事はできない
愛はすべての人に
恋は恋人に恋いこがれ
愛は心やさしく愛する

ひとつの悲しみは10人になり
10人の悲しみは20人になり
20人の悲しみは30人になり
30人の悲しみは40人になり
40人の悲しみは50人になり
あなたの悲しみに人は増えていく
あなたの悲しみに人は集まり
なぐさめあって時を過ごそうと
近づいてくる、あの人も、あの人も
いつの日か目的地に着くまで長い道を
でも行かなければ
待ってくれない遠い長い道のりだけど
行かなければ

東日本大震災　能登半島地震

知らず知らず
老けゆくこの身
悲しきかな
老けゆく身の止め方知らず
静かに流れてゆく
毎日毎日顔見合わせて
笑ったり、嘆いたり、ぐちったり
早く走れないのに
階段を２段も飛べないのに
あゝもうここまで来てしまった
年はあなたを待ってくれない

あの人を忘れずに
思い出してあげる時
あの人はあなたのそばで生きているのです
思い出をいっぱい
思い出してあげる時
あの人がそばにいるのです
いつもあなたのそばで
生きているのです
あなたがいつか少しずつ少しずつ
忘れる事ができた時
あの人は遠くへ行くでしょう
それまでいつまでもそばにおいて
思い出してあげて下さい

元気のない人に
頑張ってというより
大丈夫だよといって
苦しいといったら
私も苦しい
淋しいといったら
私も淋しい
つらいといったら
私もつらい
痛いといったら
さすってあげよう
死にたくないといったら
私も神に祈る
大丈夫じゃないけど
元気づけるために
あなたの病気に元気づける

便利になって幸せですか
出かけなくても聞かなくても
スマホが全部やってくれる
スマホに頼って
スマホがないと
不便だと片時も離さない
家族よりもスマホ
話もしないでスマホ
電車の中でもスマホ
歩きながらでもスマホ
家に帰ってもスマホ
子供よりもスマホ
わからない事もスマホ
誰も教えてくれないけどスマホ
話してみたいけどみんなスマホ
スマホがあれば便利に暮らせる
スマホがなかったら
頭の中はからっぽになる

明日がある
いつまでも明日は
あるのか
ある時突然
明日がなくなって
消える
悲しいけど
明日あなたはいないかもしれない
いつの日か　いつの日か
みんなそうなる
でも明日を信じて
明日が来る
かならず

食べ物はたくさんなくていい
そんなに食べ切れないから
おいしい物は少しでいい
時々おいしい物食べて
暇はいっぱいなくていい
たまに休みたい時休めれば
花は道端に所々咲いて
誰もが振り向いていやされれば
大きな家はいらない
台所と居間と寝室があれば
お金はぜいたくは時々できて
日々の暮らしに不自由なければ
頭は良くなくていい
あなたのやさしさと人に教える
能力があれば
こんな生活どう思いますか
上を見ればきりがない
下を見てもきりがない

私は何か掴もうとした
それは影だった
私の影だった
ついてくるのに掴めない
私は何処にいる
影なのか
あなたに見えるのも
影なのか
影ばかり追いかけて
いつも私の前で先にいく
お日様と遊んでいるのか
私は私の影に
一人遊んでいる

しょうがないよで
あきらめるのか
しかたないよで
あきらめるのか
何でも
しかたない　しょうがないで
あきらめるのか
何も考えようとしない
あきらめの言葉
でも自分を
なぐさめる言葉

金もなければ着る物もない
家もなければ住む所もない
それでいて幸せそうに
のんびりとそこにある物食べて生きている
動物や鳥や虫や魚
自然があって自然が
彼らの生きる大地
生まれてそのように
自然が彼らの生きる道

春スキー
蕗の薹も雪の中から
顔を出し
最初の春のおとずれに
こんにちは
ざらめの雪で
砂をかむ
春うらら　スキーは遠くに　なりにけり

花火がとんだ
夜空にとんだ
きれいにとんだ
大空高くとんだ
キラキラして空から
宝石のように
降ってくる
この手に受けたいのに
パッと消えて
何事もなかったように
消えた
ドンドンと大きな声出して
消えた
空は空は宝石だらけ
でもすぐ消えた

過ぎていく　過ぎていく
私の好きな日が過ぎていく
二度と来ない手でつかんでいても
放さなくても私を振り切って
取り戻そうとしても
後ろも振り返らず逃げていく
追い掛けても逃げていく
振り向きもせず
私から遠ざかる
あゝ今日の日よ
私をここにおいて遠ざかる
もう帰らない
今日の日よサヨウナラ

人はみな人として
動物や虫や鳥まで追いかける
話もできない動物は去っていく
虫は穴に入り鳥はとび立って
何をそんなに求める
静かにしてあげればいいのに
動物の心も知らないで
鳥や虫の心も知らないで
追いかけて追いかけて
何になる

あんた誰　これ何
分からない　忘れた
知らない　食べてない
行った事ない
何も分からない
私は人形
中身のない
ふわふわした風船
その辺をふわふわ
とんでいる風船

結婚するということは
相手を守ること
子供が産まれたら子供を守る
結婚は愛だけじゃない
相手を守れますか
子供を守れますか
一人ではないのです
新しい感情が生まれるのです
一人ではできない愛
愛するのは誰かを守ること
そんな気持ちが生まれるのが結婚です
長く守ってあげられますか
いつまでも　いつまでも
愛はやさしさといたわりが必要です

梅の花が散っています
桜の花のように
地面いっぱいはないけれど
梅は梅らしく
少しひかえめに
花を散らしています
風に吹かれて
遠くへ飛びもせず
木の下にちらちら散っています
もうすぐ桜の木を見上げて
花をゆずって
去っていくでしょう

子供は産まれた時から親に頼り
親はすべて守ってくれる
動物の子供は母親に頼り
食べ物与えられ
一人前になって巣立っていく
そして最後は誰にも頼らず
知らぬ間にいなくなる
人間はなんて幸せだろう
いつも傍に誰かいて
病気になれば　誰かに頼り
悲しければ　誰かに話し
いつも傍に誰かいる
そんな幸せも
死ぬ時つらい
残された人もつらい
あまりに思い出多すぎて
その思い出が涙を誘う

介護とは
年取って弱くなり病気になり
一人で何も出来なくなった時
誰かに頼って生きていく
身体の機械がもう弱くなったのね
何でもそのように
機械も使っているうちに故障する
家も長い間には傷む
直してもまた違う所が傷む
人間だって傷む
誰だって何だって傷む
弱くなったね
歩けないね
助けて介護

無垢な子供の手を取って
無垢な子供を悲しませるな
無垢な子供を抱きしめて
無垢な子供を苦しめないで
無垢な子供の話を聞いて
無垢な子供にやさしくなろう
無垢な子供と遊んだり
無垢な子供を笑わせて
無垢な子供と楽しく生きよう
無垢な子供もいつか
無垢な子供を育てる

小さい時よく母が語っていた
悪いことすると地獄に連れていかれ
怖い鬼が棒もって追いかけて来て
血の海に落とされるという
だから悪いことしてはいけないよ
お空で神様が見ているから
悪いことすると地獄に落とされると
だから悪いことできなかった
人の物も黙って取ってはいけない
いじめても、だましてもいけない
今はそんなこと知らない悪いことする人は
いじめても悪いことしても
何とも思っていない
悪いことしたらどこにいくのか
地獄も知らない
今の悪いことする人は
自分さえ良ければと思っている

毎日が日曜日
休みのない日曜日
今日も静かに暮れた
知らない間に
あっという間に
日曜日も分からないうちに
川の流れのように
流れていった
もう見えない
一日がすぎた
流れも止められない
あゝ今日日曜日
昔だったら
待ちこがれていたのに

人生ゆっくり来た
でももうゆっくりしているひまはない
何でこんなに早く先が短く
なったのだろう
あせるなあせるな
でも人生先が見えてきた
昔は何も考えた事なかったのに
もう身近に迫ってくる
昔　長い人生だったけど
今　短い人生
少しずつ少しずつ
ついてくる

結局毎日時計の針のように
カチカチ動いて年取っているんだね
自分の顔　自分の身体
毎日見ているのにいつの間にか
久しぶりに逢った人のように老けていた
やっぱり年が教えてくれる
私はいつの日からこんなに
若い時もあったのに
すっかり忘れて変わっていたんだね
若い時を思い出しても
もう帰って来ない
この顔で年とってもっとしわがふえて
それが私なのね

木の葉よ
風に吹かれて落ちてくる
華やかに色つけたのに散っていく
サヨナラ　サヨナラと手をふりながら
きっと淋しいよね
もっといたいのに
でも最後に落ちるのも淋しい
私もあなたと同じ秋
散る日を見上げながら
今日もサヨナラ
もうすぐ木々は淋しいはだかになる

どこへも行けない
かごの鳥
ここから出て大空をとびたいのに
遠くへはいけない
人につかまってつれ戻されて
自由のないかごの中でとべない
かごの鳥の悲しさ
私もつかまったかごの鳥
どこへも行けない
同じかごの鳥

いくつになっても人間は同じ
老いても歩けなくても
寝ている人も
一人になっても人間は同じ
「老人」と笑うな
「老人は違う」ときめつけるな
いくつになっても
人間ずっとずっと同じ
ただ少し弱くなっただけ

身体の中に何かいる
身体の中に誰かいる
動く者、考える者、歩く者、食べる者、思う者
いつも見つめている
毎日私を動かす者は
私は動いている　生きている
誰かが何かが動かしている
年輪が入ってここまで毎日
動かしている者よ
ありがとう
私はまだまだ元気ですか
これからも私と一緒に
動いてくれますか

あゝ歌がある
花がある
花に合わせて花の歌を
春に咲く春の歌
夏に合わせて夏の歌
秋に合わせて秋の歌
歌はいつでもついてくる
一人でも楽しくうたおう
歌は私を引きよせる
歌についていこう

太陽は前にいる
太陽は後ろにいる
太陽は見ている
太陽は私の周りに
いつでもいる
太陽は時に元気をくれる
太陽は離れない
明日も逢える
たまに雲にかくれて
かくれんぼしているよう
でもまた出て来た
私を心配して顔出したのか
太陽に手を振る
太陽と共に明日がある

今日は何しよう
これから何しよう
考えてもいいし
考えなくてもいい
そばに何かがある
何かが誘ってくる
何もなくても
やることなくても
きっとそばに
何かがある
そして誘ってくれる
でも今は何もしない

いつか春がくる　ぜったい来る
いつか夏がくる　ぜったい来る
いつか秋がくる　ぜったい来る
いつか冬も来る　ぜったい来る
いつが好きですか
さくらの咲く春ですか
海が求める夏ですか
紅葉のきれいな秋ですか
寒い冬ですか
思いを残してまわり回って
また来る日よ
そしてまた逢いましょう

この地にあなたは生きた
いつもの道　いつもの畑が
あなたを好きにした
土をいじりながら
あなたが育てた野菜は
生き生きと育って
これもいいよ　これもいいよと
野菜は語りかける
あなたの土　あなたの畑
まるで子供育てるように
声をかけながら
摘んでいる

子供の後ろからついていこう
子供は後ろから見よう
子供達にはあとから言おう
子供と共に歩いて
おもしろかったら一緒に笑おう
子供がかけだしたら
あとから追い駆けよう
子供の道が分かれたら
どちらに行くか黙って見ていよう
そして子供と一緒にいこう
子供が振り返ったらにっこり笑おう
子供が泣いたら黙って
涙を拭いてあげよう
子供がやる事
黙って見ていよう

いつの日か
子供は私を超えて
手をさし伸べてくれるでしょう
今はただ見守っているだけ
何も言わずとも
後ろ姿見ている
ゆっくり話してあげよう
あなたもいつか
話してあげる人がいる
私はいつもあなたの
味方です

人の命の尊さよ
人の命の儚さよ
ずっとずっと一緒に
いたいのに
あなたはもういない
悲しみは去りぬ
悲しみはいつもついてくる

聞く事ばかりいっぱいあって
覚えなくてはならない事もいっぱいあって
今聞かなければ
すぐ忘れる
忘れる事ばかりで
聞いた事もすぐ忘れる
考える事もいっぱいあるのに
またすぐ忘れる
教える事もすべて忘れて
聞く事もすぐ忘れて
どんどん忘れて
知らない頭どうする

辛いといったら辛いんだよ
悲しいといったら悲しいんだよ
痛いといったら痛いんだよ
死にたくなる時も
あるんだよ
人生は辛いことも
悲しいこともいろいろある
涙が枯れるまで泣けばいい
頑張って耐えるのか
頑張らなくてあきらめるのか
一度涙を枯れるまで流して
それから考えよう

私がいるからあなたがいる
あなたがいるから私がいる
いつも心に思って
あなたは今ここにいなくても
私の心の中にいる
私からいっぱい
通じる物があって
あなたがいる
私の大切な人

あなたの周りのやさしい人々が
あなたを守ってくれる
お母さん老いても
何もわからなくなっても
悲しまないで
誰もが老いると
そうなるのだから
年取ったなんて言わないで
元気の元はどこかにある
歩けるだけで歩けるだけで
ゆっくりとゆっくりと
歩けばいい

あなたの声であなたがわかる
私の声で私がわかる
こんなに世界中の人でも
あなたの声は分かる
二人といないあなたの声
二人といないあなたも私も
不思議な世の中
何から何まであなたも一人私も一人
世の中になんて不思議な事か
これから生まれてくる子供も
たった一人誰とも違うあなた一人
やっぱり神に選ばれし
あなたは一人

一円玉ないと困る
１円が２円になり
３円になり４円になり
五円玉にバトンタッチ
11円になり12円になり
少しずつ増えていく
少しずつ積み重なって
大きな顔していいんだよ
あなたがなかったら
困るのよ
いつまでも　小さなままでも
大きな顔して
どんとかまえて増やしていこう

海の中の生きもの
きれいな魚はどのように
化粧でもしているように
自分の姿知っているのだろうか
あまりにきれいで
おそわれないだろうか
どの魚も生きるすべを
知っているのだろうか
海の中の水が空気なら
口をパクパクして
口を閉じたら死んでしまうのか
海の底のずっとずっと深く
地上も知らないで
魚はそこに生きる

泣いているのは
何故ですか
いろんな涙がある
つらい涙、悲しい涙
やさしい涙、うれし涙
不思議な涙
でも涙はやさしい
涙に思いを込めて
涙は静かに流れる
そして涙は解ってくれる
何も聞かずに

私が最後に望む事といえば
山に行こう
どんなに辛くても
これが最後だと思って
精いっぱい頑張ろう
頑張って頑張って
目的を達成できたなら
次もまた山を選ぼう
倒れそうになっても
精いっぱい頑張ろう
たとえ一日かかっても
それが本当の最後になろうとも
私は自分のやりたい事
やったと自分をほめよう
山はいつでも待っている
山は呼んでいる

私の年はかけ足で
追いかけてくる
待って待って
ここで少し休みましょう
そんなに急がないで
ここで少し考えさせて
太陽もまだいる
雪もまだ降っていない
花も咲いていない
暑くもない
このまま少し今のまま
時が動かない内に
少し休みます
でもやりたい事もいっぱい
あるのです

コロナの３年間
私は終息するまで
待っていた
山を待っていた
山はどこへも行かないけど
私の年は静かに流れていった
この身体は老いる
年は帰って来ない
増えるのは年だけで
失うものは多い

山の暮らし
自然に山に逆らわず
自然の中に生きている
太陽が輝き太陽と共に
雨が降れば雨に合わせ
雪が降れば雪に合わせ
生育するものに逆らわず
何でも生活に取り入れ
土のぬくもりを感じ
草に生かされ花に生かされ
そして自然が呼んでいる
山と共に里と共に何も望まず
山を愛し自然を愛し
自然と共に生きる

一人で生きる幸せを
誰が教えてくれるでしょう
このまま歩いていたら何があるでしょう
そんな私の側を人々は
通りすぎていく
私は私を振り向いて
くれなくても
話しかけてくれなくても
私は私
道は作られていく

悪いことしたら謝ろう
あなたにとって何でも
ないことでも
相手はとても悲しんでいる
心込めて謝ろう
そしたらまた話もできる
何でもないことでも
大きな苦しみになる時もある
早めに謝っておけば
早く仲良くなれる
謝っても許してくれないなら
時期を待とう
相手はきっと心にあると思う
いつの日か
分かってくれる
時が来る

老いは静かに確実にやってくる
この心、この顔、この身
少しずつ少しずつ
分からないように導く
そして気がついた時
もう先が見えている
長い年月もいつか
すべての人が老いへと
導かれてゆく
着飾り　化粧しても
年は表れる
とり返す事のできない
人の人生
ここまで来てしまった

赤ちゃんが泣いた
わあわあ泣いた
赤ちゃんを笑わせてあげようと
一生懸命芸をした
赤ちゃんが笑った
私も笑った
おもしろかったの
おかしかったの
赤ちゃんは喜ぶ
私も喜ぶ
お母さんも笑った
みんな笑った

やらないよりはやった方がいい
歩かないよりは歩いた方がいい
言わないよりは言った方がいい
行かないよりは行った方がいい
食べないよりは食べた方がいい
聞かないよりは聞いた方がいい
何でもやってみた方がいい
やらないでじっとしているよりは
やってみた方がいい
何かいい事があるかも
行ってみよう見てみよう
そして感じてみよう

あなたの手を引いて歩く
子供のように一歩一歩
走りもしない急ぎもしない
いつもゆっくり手をひいて
あなたはついてくる
老いの身に
歩けるだけでいいのよ
手をつなぐだけでもいい
ただうなずくだけでいい
私はいつも言う
大丈夫気をつけてね

笑顔が浮かぶ
やっぱり笑顔はいい
笑顔は顔に書いたやさしさ
笑顔有りがとう
笑顔くれて有りがとう
忘れないよ
あなたの笑顔
何よりも何よりも
笑顔が良かった
笑顔に乾杯

夜は見えない夢を見る
信じられない夢を見る
怖い夢でも消えて良かった
嬉しい夢は胸に秘め
誰にも言えない夢が
夜現れる
私の別の人生が夢なのか
日中は現れない
不思議な魔法が
夜に現れる
私がもう一人の私が
夢の中にいた

おかしいと
おもしろいは違う
あなたはおかしいと
言ったら嫌われる
あなたはおもしろいと言ったら
二人で笑う
おもしろい人は好かれるけど
おかしい人は遠くで見ている
おもしろい人は人に好かれ
笑いを誘う
でも楽しい人もいつか
悲しい時もあるよ
そしたらおかしくなる
そういう事もあるよ

怒ると叱るは違う
怒るのは上から目線
叱るのは同じ目線
怒られるのは誰でも嫌だ
叱られるのは答えがある
やさしい人は叱る
怖い人はいきなり怒る
話せば分かる
向き合って話してみよう

女の人の人生は
結婚で決まる
その時から
あなたの人生は決まる
結婚はずっと続くものと
思っていても
ある時どこかで
男の人によって崩れる事もある
そして人生変わる時もある
あなたの伴侶によって
あなたの人生も変わる
いい事は日々何気なく
幸せに暮らしていても
彼の人生が
あなたにも降り掛かる
でも人生いろいろ
きっといい事もある

あなたはあなたの
好きなように生きればいい
私はじゃましない
そしたら怒る事もない
あなたの心に私の心
あなたと二人
おだやかに
二人だけで
あなたに寄り添う

花が咲いて実をつける花もあれば
そのまま散ってしまう花もある
野菜も花が咲いて実をつける
白い花、黄色い花、赤い花
それらもいろいろある
どれもみんなきれいに咲いて実になる
その実を我らに差し出す
野菜はなくてはならない
いろんな色で食卓が賑わう
花も知らずにトマトに手を出す
あなたも花だった
そしてここにトマトがある
何気なくおいしいといって
口に入れる

愛は長くいたいと思う心
結婚はこれから二人で築いていく家庭
子供は二人で育てる
愛情は二人分あげる
そしていっぱいもらう
結婚っていいなあ
子供が生まれて
輪になって家族を思い
それが家庭
やっぱり結婚
しようよ

2024年1月1日年の初めに
みんな帰ってきてた
お正月料理も母の手作りで
みんな集まって楽しかったのに
悲劇は突然やって来た
逃げろといわれても何処へ行けばいいの
うろうろと考えているうちに
一瞬にして何もかも崩れ
家族はどこに　名を呼べど届かぬ
天災はいつどこからやってくる
今はただ慰めの言葉もなく
この現実があとからずっとついてくる
悲しみだけでは終わらない
何もかもなくしてこれからどうやって生きていけばいいの
誰もがそう思う

みんな遠くへ行った
みんな帰って来ない
知らぬ間に家族もあの人もこの人も
みんなどこ行った
もう少しゆっくりもう少しゆっくりでよかったのに
急にみんないなくなった
悲しい、くやしい、だけど
どうしようもない
もう逢えない悔しさ
あなたはどこにいるの
みんな明るかった　笑ってた
今どこに元気なあなたが
目に浮かぶ
2024年1月1日

終活か
死ぬ準備をしろということか
いつどこでどのように
この身に終活せよと
誰にも助けてもらえない
我が身の老い
この身体が
私と離れていくのは
いつだろう

諦めてはだめ
諦めると何も残らない
できないときめつけない
やればできるけど
やりたくない
諦めてはできないよ
考えすぎてもいけない
今あなたのやりたいことは
何ですか

今私の心がゆれている
こんな小さな心
いじめないで
不安がいっぱい詰まったこの胸
もう一人の私が呼んでいる
あなたはどこにいるの
私は今遠い所
帰れますか　見てますか
やっぱり私は帰ろう
私の胸に

北陸の地震
真っ赤に西の空が輝いている
明日天気になるだろうか
地震にあった北陸の人達にも
日は当たるだろうか
どうかどうか天気だけでも
日が当たるように元気をあたえて下さい
涙をいっぱいためて
がんばっているのです
早く家に帰りたくても帰る家がない
逢いたい人がいても逢えない
悲しい胸が張り裂けそうな
昨日までみんな何事もなく
平和な町が
今は見るに耐えないガレキの町
住む家もなく
これからどうやって生きていこう
みんなみんな明日さえ
わからない

つららがぶら下がっている
寒さに喜ぶかのように
おれが一番
おれが一番と
長さを競って光り輝く
たまには陽の光照らしてくれ
ほら光っているだろう軒先の
雪が雪が今にも落ちそうに
下を向いている
まだまだつららと一緒に
どちらが先に落ちるか
競っている

1人でいてもそれでいいと思う
出かけなくてもそれでいいと思う
話もしないでじっとしていても
それでもいいと思う
誰かに世話になっても
それでもいいと思う
何も言わなくても
誰かがわかってくれる
年とってだんだん老いるのは
そのような事
老いに静かに従おう

この手のひらに楽しみのせて
手を繋いでいったね
どこまでも一緒に歩いたね
遠い所にも
手のひらにいっぱいもっていた
あの思い出も
今は少しずつしかのせてあげられないけど
でもそれでいいの
あの頃の思い出は
今もこの手のひらに
包んでいるから

この世に人は恐れをなくしたら
何をするでしょう
この世にわがままが通るなら
人は何を求めるでしょう
知もかも知りつくし
身体がボロボロになったら
人は誰に頼るでしょう
助ける人がいなかったら
この世にはやっぱり
愛とやさしさが必要

ポツンと置いていかれたら
人は何をするでしょう
自分がわからなくなって
あばれるのか
静かになるのか
やっぱり助ける人が必要

春はまだか花はまだか
土の中で芽を出す日を待っている
まだ寒い土の中
雪解け水が教えてくれる
故郷を思えば
私は遠くへ来てしまった
都会の片隅で花を探して歩く
春の花はどこにある
山に行けば故郷の花は
見られる
もう少し待とう
山に山桜が咲く頃に

北国はまだ雪の中
雪が舞う　白い結晶
ふわふわと音もなく
降っては積もる　白い世界
遠い故郷の雪国
かい巻き着て外を歩く姿は
今はない
あの頃の冬のいでたち
私の懐かしい遠い日
雪の降る日
かい巻き着て
白い雪の中を
歩いてみたい

早くしないと
私は遠くへ行ってしまう
もう少し待ってください
私を消さないでください
私が何もわからなくなった時
それまで待ってください
もう少し元気をください
明日があるように

もう一度戻れるものなら
50代だったら
60代でもまだ行けた
コロナが私の身体を
70代にした
3年間山は待っていてくれても
私の身体は
待ってくれなかった
サヨナラあの山
行きたかったあの山
サヨナラもう逢う事もない
私の老いは止められない

つるつると
うどんはなめらかに
喉通っていく
私は考えた
そうだ病気になって
物が食べられなくなったら
うどんにしよう
これなら喉するする
通っていく
うどんはやさしい
私の身体にきっと元気をくれる
やさしい食べ物
うどんに乾杯

人が人を作る
私が私を作る
泣いて人になる
笑って人になる
私を作る私
私はあるがままに生きて
私は私
私が作った私
私は私の
道を行く

ひと月に1度　遠くへ出かけませんか
ひと月に1度　美味しい物食べに行きませんか
ひと月に1度　寝坊してもいいですか
ひと月に1度　唄いに行きませんか
ひと月に1度　朝まで飲みませんか
ひと月に1度　山に行きませんか
ひと月に1度　何もしないでボーッとしてみませんか
ひと月に1度　1人で旅に出ませんか
ひと月に1度　もう何もいらない

神に祈る
神はどこにいるだろう
みんな祈っている
早く戦いが終わる事を
平和な世の中が来るように
みんな祈っている
神はどこにいるんだろう
助けて下さい　ウクライナの人々
すべての人が祈っている
神は宙を舞っているのか
早く平和が来るように
みんな苦しんでいる
神様早く願いを叶えてあげて下さい
みんな祈っている
神様に頼るしかないのです
早く終わってみんなの笑顔が
見られる事を祈る

私の前に人がいる
私の後ろにも人がいる
やさしくされるより
やさしくしたい
あなたの事教えてほしい
私の事も話してあげる
知らない人でも声かけてみよう
人それぞれいろいろある
話せばきっと楽しいよ
楽しみ見つけて友になろう

昨日年をなくした
1つなくした
消えてゆくものに逆らえない
もう行っちゃうの
今まで一緒だったのに
新しい年が増えて
喜んでいいのか
悲しんでいいのか
勝手に来て勝手に行ってしまう
私はもう少し
一緒にいたいのに

みんないい人ばかりで涙がでる
胸が詰まって嬉し泣き
みんな笑っている　笑っているよ
悲しみのあとにみんな守ってくれる
みんなの涙　うれしい
懐かしい日が帰って来た
また逢おう
いつでも逢おう

太陽は今少しずつ遠ざかる
夕日として空を赤く染めて
サヨナラと静かに遠ざかってゆく
この世のすべてを回っているのだ
今日の日よ
新しい今日の日よ
輝いて昇ってくる太陽に
照らされて
元気をもらいそしてどこまでも
明日また逢おう
何気ない日常に
毎日逢っているんだね

やりたい事少しずつ
つぶしていこう
そんな事考えながら
残したくない
私の願い
少しでもやりたい事
いっぱいあって
後悔する事なく
私は忙しい

桜の花が咲いた
大空いっぱいに咲いた
太陽を待っていたかのように
大空に枝を伸ばし
青空に咲いている
みんなに見せたくて
北の果てまで誘う
そしてみんなついていく
こっちこっちと花は咲き誇り
そして風が吹いてつれていく
雪が降るように桜が降る
道に川に池にまた桜桜桜
桜のジュータン　ピンクのジュータン
また風がつれていった

サプリメントで食事作らない
サプリメントで噛む事もない
サプリメントで買い物もしない
サプリメントで味も分からない
サプリメントで動かない
サプリメントで身体が作られるのか
サプリメントで長生きするのか
長生きして何する
サプリメントは便利だけど
何でもかんでもサプリメントに頼る
いつか何か失う
まさかサプリメントにだけ頼って
生きているとは思わないけど
そんなにサプリメントに頼って何を求める
健康は自分で作るもの

もし、明日亡くなるとしたら
何をしたいですか
何もしないで一日静かに寝ています
もし一週間後に亡くなるとしたら
何をしたいですか
最高のお刺身食べたい
最高のケーキ食べたい
みんなで食事にいく
一日食べまくる
だけどきっと食べられないと思う
だから思いだけ
もし一ヶ月後に亡くなるとしたら
やっぱりおいしいもの食べに
日本中を食べ歩く
もし一年後に亡くなるとしたら
山に行く、穂高に行く、トムラウシに行く
そして日本一周クルーズ船に乗る
海外も行けたら行く
でもやっぱり元気でなければ
何もできない
元気なうちに思い残すことなく

何でも聞いておくことはいい
何でも知っておくことはいい
何でも読んでおくことはいい
何でも触ってみて確認する事は良い
何でも外に出て歩くことはいい
何でも見る事はいい
何でも教えてあげて覚える事はいい
何でも学ぶ事はいい
いっぱいいっぱい頭につめて
「何処へ行こう」

母に捧げる努力賞
安らかな顔涙流す
母逝く
逝った後に後悔し
まだまだいっぱい話したかったのに
手を見て80年
手の中に苦しみ包み込んで
こんなに荒れて冷たき手
召されて母は今何処
淋しさはこれからと母に語りかけるも
声もなく母を慕って猫も鳴く
たんす開ければ古着だらけの母偲ぶ
畑に行きたかろうこの青空
母にも見せてあげたやこの桜
母偲ぶバスの旅

桜が咲いた
枝いっぱい広げ
空いっぱいに咲いた
菜の花が見ている
桜が引き寄せたのか
桜の花に菜の花が似合うのを
知っているかのように
菜の花も桜に寄り添う
所々大根草が顔を出す
ちらちらと仲間に入って
知らんふりして風にゆれている

生きている生きている
冬の木の蕾が少しずつ膨らんで
今にも咲きそうなのに
また雪が隠した
もう少し待ってとささやいて
雪を白く被った
寒さが雪を呼んだのね
雪の中で寒いから隠れようと
そっと蕾を閉じた
明日は雪も太陽が出たら
逃げるかな

あなたの為に私がいる
私の為にあなたがいる
あなたも1人私も1人
2人でいれば助け合える
寄り添って倒れそうになったら
支えあってあなたを呼ぶ
また私を呼ぶ

明日は誰にでもある
だけど明日という日は
何があるか誰にも分からない
だから今日一生懸命生きよう
みんな明日を待っている
明日という日は
みんなの行く道

１日36時間ほしい
１週間10日ほしい
今の年から20年若さがほしい
夜の自由な時間が
あと３時間ほしい
朝もゆっくり寝ている時間もほしい
ないものねだりの
私の我が儘なのでしょうか

老いて手をつなぐ
　子供のように
　　悲しきかな
　　何も言わず
　　ただ手を引く
少しずつ少しずつ
　　子供に返る

　　介護から
束の間離れ里山へ
緑の風暫し安らぐ

春の扉が開きます
生まれたばかりの花です
ここにもあそこにも
小さな小さな花々が
まだまだこれからと芽を出す
太陽も喜んで
暖かく包んでいます
冬の雪解けが
春を呼んでくれます

遠く母の姿見つけて
子供達は走り出す
どの子もどの子も
私1人の母のように走ります
そして抱きついて離れない
母の愛は子供と連なり
愛はずっとずっと離れない

あなたは患者を大切に見ますか
あなたは患者の心を大事にしますか
あなたは何を大事にしますか
病は治せない事もあるけど
患者に寄りそって話を聞いてあげますか
あなたの技術　能力は偉大です
すべての今までの学びに依って
与えられた物に感謝して
患者の心に静かに静かに
入ってみて下さい

今から少しずつ少しずつ
歩けばあの嶺に辿りつく
遠くにあっても少しずつ少しずつ
近づいてくる
どんな嶺でも心が通じていれば
歩こう歩こう嶺は待っている
私を呼んでいる
いつかのあの時の夢が
今大空に近づいていく

私の命が果てる時
苦しまないで
余りみんなに世話かけないで
寝たきりにならないで
あなた達を忘れないように
最期はみんなに笑って
サヨナラしよう

例えばガンになったら
私の身体から失う物は嫌だ
ガンの虫に食われて身体がボロボロに
なるのは嫌だ
知らず知らずのうちに
いつかその日が来るのか
明日は分からない今あるこの身は
少しずつ少しずつ消えていくのか
この身はどうしようもなく削られ
明日は歩けるか
若さも弱り
老いだけは残る
今この身を案ずる

春はこの胸で騒ぐ
雪が解けて春を呼ぶ
木々の間からそっと春を呼ぶ
春はやさしく私を包む
道端のあぜ道を歩きながら
春を探している
ここにもここにも春の草花が
愛しい小さな草花を摘んで
帰って天ぷらがいいかな
春の香りをみんなにあげよう

老いても歩けなくなっても
寝たきりになっても
人間は同じ
思う心も考えも
みんな同じなの
老いて年取っても
あなたが分からなくなったからって
離れないで
いつまでもいつまでも
一緒に歩いて行こう

あなたがいるから私がいる
私がいるからあなたがいる
２人肩寄せ合って
ずっとずっと同じ道歩いてきた
倒れないように
手を取り支えあって
この身体ある限り
やさしく包む
いつまでも同じ道
歩いて行こう

昨日忘れても
今日が呼び止める
今日忘れたら
明日が呼び止める
私の後ろからついて来る
私の前にも守ってくれる
明日も逢おう
明日に続く
今日の道

故郷に遊ぶ
裏山に真っ赤に咲いたつつじが美しい
田んぼに人が集まり田植えが始まる
青々と緑がゆれる
鳥が飛ぶ
カエルの合唱が始まる
小川にはメダカが泳ぎ
小石を動かすとドジョウが
逃げて隠れた
まっ黒に固まったオタマジャクシ
そのうちカエルになって飛び出していくだろう
心で故郷と遊ぶ

桜の花に太陽が輝いて
大空に桜が咲く
きれいだねえ〜きれいだねえ〜
それしか言えない
何回でも桜を見上げるたびに
歓声があがる
あの人もこの人も
みんな同じ気持ちで
ずっとずっとこのままいたいのに
風と雨のいたずらに
桜は池に道に遠くにとばされ
サヨナラする
池に散ったピンクのジュータン
桜の園の間を
これからどこへ行くの
幸せありがとう

生きているだけで
それだけでいいじゃない
何を求めて戦っている
あの人もこの人も大切な友も
居なくなった
多くの人が何も言わずに
居なくなった
誰が連れていったの
みんな大切な人
涙流して耐えている
流す涙も枯れて
いつの日かいつの日か
明るい明日が来るだろうか
生きているだけでも悲しい
誰に祈ろう
罪のない者だけが
苦しむ

（ウクライナ戦争）

喜びの言葉は
ただ一つ「ありがとう」
この言葉をいつも胸に
人の言葉は数々あれど
あなたにありがとう
そして笑える
これだけでも幸せならば
私はあなたにあげる
ありがとう　何度でも言うよ
ありがとう

涙は悲しい
涙は苦しい
涙は痛い
涙は流れて何処へ行く
涙は何も言わないけれど
心に秘めて
美しい時もある

苦しみの中に
小さな喜び見つけて
大事に大事に
包み込んで
離さない

母の甘える人もなく
肩の荷は重くなるばかり
小さな畑で土と共に
今日も通う　いばらの道
立ち止まる事もなく
いつもいつも歩いている
せめて母のうた歌おう

暗くなるまで待っていた
暗くなって足音聞いて
駈けていった
小さな身体で家族を守り
かあさんごはん食べながら眠ってた
毎朝夜が明けるといなかったかあさん
どこ探しても居なかった　かあさん
雨の日母を囲んで離さない
繕い物しながら
黙って話を聞いていた
かあさんありがとう
もう居なくなって数年
母はいつも我らの心に

故郷の話をしよう
いつでもいつまでも
この心故郷あふれる
あなたにも故郷あるならば
語り合おう
川で泳いだ事　小川で魚を追いかけた事
おしょうす、んだども、すたっけえ
（はずかしい）（そうだけど）（そしたら）
方言も懐かしい
我が故郷は今も心に蘇る

蕾の中にそっと隠れて
花咲く日待っている
いつかパッと咲いて
驚かして次の驚きが笑っている
次から次へと咲き誇り
大きな花の輪になって
チョウや虫の花園
そして私を待っている

日暮らしの声が
いつの間にか消えて今はない
道端にすすきが揺れる
季節外れのりんどうが
やさしく癒やしてくれる
ありがとう　あなたがいたから
晩秋も静かに追っかけよう

ある日平和な暮らしに
あの一瞬周りが暗くなり
何も見えなくなった
何も分からなくなって
暗い穴に落ちた
はいずり出て上を見
そして周りを見た
遠くどこまでも一面がガレキで
すべてが消えていた
なぜなぜなんでなんで
何が起きたの何が
親は子はどこにどこに居るの
早く早く捜さなければ
歩く事もできず見わたせば
これからどうすれば
祈りも願いも今はない
ぼうぜんとこの町は消えた
生きているだけで苦しい
私はどこへ行けばいいの

＝広島原爆を思って＝

人間ってどうしてこんな残酷な事が
できるのだろう
あの人もこの人も居なくなった
地獄を見た苦しみや悲しみは
もう消えない
すべてを奪った原爆よ
あなたは何事もなかったように去っていった
見よ、この残酷を残して
これからいつまでもいつまでも
長くついて来て離れない
人は何も悪くないのに
一瞬にして
みんなを地獄に落とした
そして苦しみ悲しみを連れて来た
いつかいつかみんな笑える日は
来るだろうか
もう遅いもう遅い
忘れる事ができない
平和な世の中になっても消えることはない

広島原爆を思って

秋に染まり
秋と一緒に歩こう
青い空に紅葉が張りついて
一枚の絵のよう　そして見上げる
秋の歌
秋の夕日に照る山もみじ
赤とんぼどこへ行った
秋ももうすぐ寒くなり
お別れの秋です

愛はやっぱり愛
すべてが愛
あなたに愛
愛によって生き
愛によって悲しみ
愛は何よりも愛
ついていくよ愛
愛はすべて愛になる
愛になって飛んでゆく
どこまでも
愛を捧げよう
愛は強い
愛はつながる
ずっとずっと長くして
その愛にすべてをかけよう

鏡は私を見る
鏡の中に私がいる
私を見つめる鏡
心の中まで見つめているのか
どうしようもない老いに
ついていくしかない
化粧して外に出よう

今日も消えていく
今日もいつか遠くなる
思い出す日もあるだろうか
思い出を作ろう
いつか誰かおいかけて
くるかも知れない
雪は春になれば消えるけど
季節はまためぐってくる
また逢えるのは私の記憶
このまま忘れない為に
記しておこう

この年までありがとう
これからおまけの人生
ここまでありがとう
痛くもなく私を守ってくれて
ありがとう
この年についていきます
いつまで続くのか
その時ふり返って
またありがとう

朝は遠い所からやってくる
ニッコリ笑って元気をくれる
みんなに挨拶して
この空いっぱいに
明るく照らす
人は働く　太陽が動く
今日の日　明日も
あたりまえの事が
あたりまえのように
ずっと続く事祈る

母の顔に光る汗
そっと拭く母の手
石のように堅く
鉄のように強く
外に出れば男になり
家に帰れば母になり
幼児抱えて母一人
母にしがみつく幼児は
離れない
母の笑みはみんなに行き渡り
母の幸せ花開く

東日本の地震　津波
そして原子力発電所の爆発
一瞬にして家は崩れ流された
原発の恐ろしさ
もう町もなくなった
これからは住めない
父も母も子も友も
近所の人も知り合いも
仕事仲間も大勢いたのに
誰も居なくなった
町は消えた、終わりのない苦しみ悲しみが
いつまでも続く
私の故郷桜だけでも咲いて
いつか行ってみたいと誰もが思う

虫には虫の世界があって
鳥には鳥の世界があって
動物には動物の世界があって
人には人の世界がある
そしてすべての生き物が思う心は
子を思う心は同じ
誰に教わった訳でもないのに
母になればそのように
強く子を守り皆同じ
声なき者　自然に生き
自然に返っていく

神にいただいた命
いつか感謝して
返さないといけない
神に祈り苦しい時悲しい時
時には怒り時には恨み
いろんな事して
神を悲しませた
許してね　いままで許してね
悪い心をやさしく包んでくれた
神と共に歩んできた
ありがとう
いつまでもありがとう

幸せな時
神を忘れる
苦しい時
神を思う
祈りに祈って
一心に祈って
神を思う
熱心にいつまでも
心が癒えるまで
祈りつづける

鳥は大空を飛ぶ
どこまでも　どこまでも
どこへ行くのだろう
大空を遊んでいるのか
お家はどこですか
ねぐらはどこですか
空を飛んで木に休み
それからどこへ
まだまだ遠くへ行くのかな
鳥は幸せだと思うのかな
私も飛んでみたい
私も飛べたら
どこへ行くのだろう

人は誰にでも愛はある
ただ何も言わないから
通りすぎる
人は誰とでも友達になれる
ただ話しかけないから
人は誰でも孤独を感じる
そばに誰も居ないから
人は誰でも待っている人がいる
早く帰らなければ
帰れば愛がある
待っている愛がある
あなたがいる

人は笑う
人は話す
人は考える
人は歩く
人は怒る
人は食べる
人は泣く
動物や虫や鳥や魚には
言葉がない
でも通じる何かある
黙っているのに何だろう
知りたいのに誰も知らない
それでも生き物は
何も言わずに豊かに生きる

青い空はみんなのために
雨の日もみんなのために
雪の日もみんなのために
風もみんなのために
明日もみんなのために
みんな待っている
寒くても暑くても
みんな大事な日
雨だって風だって青空だって
みんなのために
みんな待っている
行こうかみんなのために

戦争どれだけの人が
この世から消えたのか
誰一人として安らかな死はなかった
苦しみながら
子を思い親を思い
何のために死んでいった
助けられる事もなく
帰るに帰れない遠くへ
あなたは行ってしまった
戦争始めた誰が
終わる事を長びかせ
何をいつまで思っていたのか
人の苦しみ使い果たし
そして原子爆弾が落とされた
何の罪もない人達に
なんと悲惨な人生を与えたのか
あなたはあの世へ去った
人々に苦しみを押しつけて
ずっとずっと消える事のない
苦しみを一生背負って
なぜなぜ人々は
死ななければならなかったのか

広島原爆を思って

生きているんだ
何でもないのに
殺す人もいる
大きくなる日もあろうに
親になる日もあるだろうに
生きているんだ
こんな小さな虫だって
生きたいとがんばっているのに
そんなに簡単に踏まないでよ
小さな虫だって
みんなと同じように
生きたいんだ

春の花は秋を知らない
夏の花も春を知らない
秋の花は春も夏も知らない
でも季節ごとにそこに花がある
土の中から次は私達の出番と
待っているのだろうか
花畑になって美しさを競う
春の花のあとに夏の花を見つけ
夏の花のあとに秋の花を見つけ
秋の花も終わりを告げ
冬に眠る

恋しい歌は悲しくて
楽しい歌を楽しく歌おう
泣きたい時は声張り上げて
辛い時は辛いのよ
辛い歌でも歌って発散しよう
1人で歌うより
みんなで歌えば
思い切り歌えば
歌がなぐさめてくれる
歌はやっぱりいいものだ

里山は桜の里
自然に桜に酔う
遠くで見ているだけで
心が通う
桜　桜　桜
桜に手を伸ばし
桜と一緒に遊ぶ
枝いっぱいに花ざかり
あゝ今桜の花に酔う

咲く花　散る花　山の花
道端の花　店の花　木の花
あなたの花は何の花
私の花は山の花
高い山にひっそり咲いて
誰か待っている
見つけてくれたら
嬉しかろう
あなたの花で語り合う
今あなたは主役

苛められて泣かされて
１人涙拭いている
甘える事も知らないで
いつも１人で遊んでいる
そんな子供の側に行って
やさしく声かけて
笑わせてあげたい
いつも側にいて
守ってあげたい
あなたは何も悪くない
でも淋しいでしょう
どこへも行けず
頼る人は誰
あなたは可愛い
可愛い子供だから
みんなで守ってあげよう

夢に逢いに行こう
遠くにあるかもしれない
途中で夢に逢ったら
連れて来て語り合おう
夢よ私だけの夢よ
どこで待っている
逢いたくなったらそれが夢
逃げないでね
生きる楽しみ　つれていく

ポツポツ降る雨に
何か書いてよ雨が誘う
雨のやさしさを書こう
庭に出て雨を待っていた花
生き生きして雫が光る
木々の雨だれ地面を濡らす
流れて雨だれの音一つになって
ポタンポタン音楽を奏でる
ポタポタと地面が踊る
地面に輪ができて
雨が踊る

あなたが見えない時がある
何を隠して一人でいる
近づいていいでしょうか
話していいでしょうか
太陽は照らない日も
あるけれど　いつも雲の隙間から
見ているもうすぐ
待てばあなたも太陽が
見えて明るくなるでしょう
ホラ太陽が昇ってきた
お待たせと笑っている

青い空に鳥が飛んでいく
あなたの行く道がある
誰が呼んでいるのでしょうか
ピ、ピ、ピ　仲間を見つけて
遊んでいる
追いかけて追いかけられて
こっちこっちと誘うのか
鳥の世界楽しそう

私が少しずつ少しずつ
忘れていくような気がする
急がねば急がねば
だんだん小さくなって
消えてしまうかも
大きな声で私を呼んで
やりたい事も行きたい所も
いっぱいあるのに
忘れてしまったらどうしよう
見えなくなったらどうしよう
忘れないでね

ホタルブクロ
私の好きな花
あなたはいつも下向いて
淡いピンクの花が
風に揺れている
日の光が眩しそう
雨を待っているの
雨に合う花
やさしくやさしく
揺れている

やさしくされるより
やさしくなりたい
だまっている人に
話してみたい
知らない人でも話してみたい
みんなみんな誘ってみたい
楽しいことに誘ってみたい
私の後ろに人がいる
私の前にも人がいる

若いって素晴らしいよ
遠い遠い老いる事など
考える事もない
今この若き青春は今の内に
青春を引きつれて
どこへでも行ける
青春はあなたについてくる
経験はいつまでも残る
夢もある新しい何かが始まる
明日が待っている

誰がそうさせたのか
怒らなくてもいいのに怒って
考えなくてもいいのに考えて
行かなくてもいいのに行って
悩まなくてもいいのに悩んで
１人で怒って１人で悔やんで
１人で後悔して
いつまでもそんなあなたに
サヨナラ

みんないい人ばかりで
涙が出る
胸が詰まって嬉し泣き
みんな笑っている
笑っているよ
悲しみのあとに
こんないい事もあるんだ
みんなの涙嬉しい
懐かしい日が帰ってきた
また逢おう
いつでも逢おう

雲の流れで天気が変わる
私の人生も雲の流れのように
雲を追いかけてそのあとに
青空があった
やっと見つけた青空の友
雲の流れで影ができる
かくれてまた出て
隠れてまた出て
空の下を楽しむように
雲も私達を楽しませるように
いろんな雲　鳥のように
地図のように変わり変わる
姿を変え通りすぎてゆく

今日も消えていくのか
何かが来て何かが遠くなる
覚えてはすぐ消える
そんなに早く消えないで
昨日何をした
ほらあれあれした
何食べた
ほらあれあれ食べた
ほらあれでわかるわけないけど
ほらあれを考えろ
あなたもほらあれ
私もほらあれで
忘れても笑ってすます
老いの身笑う

落ち葉の散る初冬
木々ははだかになり
遠くを見る
風で寒さを感じ
木々がゆれる
もうすぐ雪が地面を隠す
寒い冬に耐え
しばしの別れ
また春に逢おう

1人では輪になれない
みんな集まって輪になろう
大きく手を広げて大きくなろう
大きな輪の中で
丸くなって踊ろう
踊ろう
手をつながなければ
輪になれない
あなたの手　私の手
みんなの手　暖かい

日の当たる所
温かさがある
座って日の当たる所
求めて　あちらにも
座って話している
温かいっていいね
ずっとこのままこの場所で
日が陰ったら
帰ろ　温かい我が家に

寒い寒い朝でした
秋のトンボが露に震えて飛べません
草の中に虫もじっとして動きません
朝日の当たる露に黄色い菊の花
震えてるみんな動かない
じっと何かを待っている
もうすぐ朝日の当たるの
待っているのだろうか
白い息が揺れて消えた
朝もやの中に霧が崩れる
もう少し　もう少し待とう

どんな小さな虫でも
考える事あるだろうか
死にたくないと
逃げるだろうか
お腹がすいて食べ物探すのか
こんな小さな虫さえも
一生懸命生きている
じっと見守っていよう

死んだらどこへ行くのか
どこか遠くへ行くのか
それとも消えてなくなるのか
二度と逢えない所に
あなたはいる
待っているのか
それともいないのか
捜す事もできず
何も言わず遠くへ行った

終活捨てる物はないか
いらない物はないか
今この年で捨てる物はないか
今までいっぱい残して来た思い出も
捨てるのか
老いゆくこの身の
旅立ちの時

いやだねえ〜
忘れっぽくて
いやだネ〜
あれもこれも分からなくなって
あれどこ行った
あれあったはずなのにない
買う物忘れて来た
紙に書いてどこ行った
かぎどこ行った
めがねどこ行った
行ったはないよね
あなたがおいた所
どこへも行かないよ
冷蔵庫開けて何出すんだっけ
暫く開けてまた閉める
頭がどうかなったのか
ここに来たのは何しに
ほらあれ
ほらほら忘れた

人は語りもしない　そこに人がいて
人は笑いもしない　そこに人がいて
人は歩きもしない　そこに人がいて
みんな何考えているのだろう
それでもあなたの行く道
決まっている
黙っていても決まっている
何もしなくても決まっている
この道見えなくても決まっている
あなたの行く道
誰が知ろう

花よ、虫よ、鳥よ、動物よ、魚よ
そちらの世界は楽しいですか
何も語らずとも
仲良くしてますか
あなたのうなずきが
やさしいですね
みんなで仲良くしよう

今日という日は
あなたにある
太陽に照らされ
雨の日でも嵐の日でも
迷わぬ道を歩いている
明日という日もあなたにある
何も考えなくても
明日は現れて
あなたはそれに乗る
何処へいくあてもないけど
明日へ連れていく
明日に乗って明後日に乗って
ずっとずっと乗っているだけで
明日が来る

海を見つめ遠くを見つめ
どれだけ深いのだろう
広い海は魚の住み処
泳いで泳いでどこまでいくの
仲間を探しにそれとも
食べ物探しに
空には宇宙があり
海には私達に知る事のできない
深さがあり
魚には許された泳ぎがあり
それも謎だらけのこの地球
誰が謎解いてくれるのか
きっといつかわかるだろうか

今日も一日スマホですか
みんなもスマホですか
歩きながら話してる
一瞬私に話しかけたと思ったら
スマホと話してた
電車の中ではみんな下向いて
周りの事など目に入らない
何もできないシニアは寝ている
便利なスマホは離せない
毎日スマホとにらめっこ
何がなくてもスマホは大切な友

手をたたこう
あの人もこの人も
一人がやると
みんなも
リズムが弾む
明るく笑って笑って
手をたたこう
何でも手をたたこう
みんな仲間よ

平和に暮らしていたあの日
あの一瞬の出来事地獄に落ちた
どうしてどうして思いもよらない
苦しみを誰かつれて来た
泣いても泣いても涙に終わりはない
何で戦争を何を求めて
苦しみに耐え苦しみを背負って
一生消えない

戦争で爆弾落とされた
勇気をもって人々の事思えば
原子爆弾落とされなかったのに
焼け野原に残された人々
悲しみも苦しみも消えず
誰を恨むも誰も居ない
逃げ場もなく誰に頼る
私の思いいつまでも消えない

やっぱり桜ね
桜まだかいな
話は桜の事ばかり
つぼみが１輪２輪
こちらを向いて咲いている
私が先よ見て
明日またあちらの枝に
こちらの枝にパッとパッと
咲くでしょう
知らぬ間に桜桜
誰もが待っていた桜
咲いたね一遍に咲いたね
桜の花よりだんご
みんな誘って宴会ね

思い出して　思い出して
２人一緒にいたね
どこへでも一緒にいったよね
写真にあなたはいた
いつも２人でいた
笑ってた
寄り添っていた
幸せに笑っていた
思い出は
あなたの事ばかり

選挙で清き1票入れたつもりなのに
受かってしまえば政治家か
政党の政策に上からの指図に従うだけで
選挙の時だけお願いしますお願いします
だけで分かるわけないのに
清き1票で受ければただの政治家
棄権するなといわれても
あなた方が選んだ人だとか
言われても私達は悪いんじゃない
こんな日本住みにくくなった
誰がした政治家でしょう
2世ばかりで親のいう通り
金の苦労もした事ない人に何がわかる
金をばらまき給付金で稼ぐのか

神様が与えてくれた人生
私はずっと向こうから歩いて来た
時には山に誘われ
旅にもいろいろ行った
思い出いっぱいありがとう
私の人生ありがとう
今はもう思い出
アルバム広げて
遠い昔ふり返る

小さな箱に夢つめて
仕舞っておいたのに
どこへ行ったのか
見つからない
夢は消えたのか
私の夢はどこへ
でもまた夢みよう
夢はこの心にあった
いつの日か夢にのって
空をとぶ鳥のように
空をとぶそんな夢
そうだ鳥になって
とんでゆこう
これも夢あれも夢
夢は消えた

私の身体を流れる不思議
どうやって食べたものが
便になって流れるのか
何の機械が入っているのだろう
いろんな所通って
最後は流れる
食べたものは機械が処理してくれる
何もしないのにちゃんと処理してくれる
身体の中処理する所見てみたい
それもいつか壊れて病気になるのか
壊れるから苦しくなるのか
直してもやっぱり壊れていく
それはやっぱり
人間の寿命が近づいてきた

幸せな時
神を忘れ
苦しい時
神を呼ぶ

地に花
人に愛
空に太陽
コロナで逢えなくなって
悲しいかな
亡くなって
連絡くる

人はみんな神の子
神様が与えてくれた命
その命いじめるのか
苦しめるのか
あなたも神の子
神の子だからやさしくなろう
仲間じゃないか
みんな同じように生まれ
父も母も神の子
神はみているあなたを
あなたはなぜ逃げるの
仲間よみんな仲間
いじめてはだめ
苦しめないで
みんな神の子
大きな神様が
どこかで見ているよ

今日の日
暦の上に埋めていく
すき間なく
一歩一歩毎日
足跡残し
暦は知っているみんなを
毎日毎日暦に私はいる
この先もずっとずっと
暦だけが知っている

花は強く生きる
道端の花、野の花、山の花
日照りの時も嵐の時も
誰にも頼らずけなげに咲いている
店頭の花はみんなの手に依って
育てられ水を求めて栄養剤で生かされる
少しおじぎすると水をかけてくれる
一輪では生きられない
一度にみんな同じように咲き
みんな同じ友達
花が枯れないように
折れないように
あなたを助けてくれる人がいる
人の世話になり
あなたは買われていく

全部直さなくていいの
悪い所だけ
走らなくてもいいの
歩けるだけで
話すだけでいいの
分かってくれれば
怒らなくてもいいの
静かに肩たたいてあげれば
言わなくてもいいの
いつか分かってくれれば
1人でいるより
2人がいいの

花の中に花ありて
大好きなカタクリの花
一面カタクリの花
あなたに逢いに来たの
みんな一緒にこっち向いて
ハイチーズ　パチリ

私の好きな花　数々あれど
春の訪れと共に雪の中から
蕾が膨らんで小さく顔出す
黄色い蕾がひょっこり
顔覗かせ雪の中から生まれた
なんて可憐な
両手で包み込みたいような
私の好きな花
黄色いふっくらした
福寿草

1人でいるより2人がいい
2人でいるより3人がいい
3人でいるより4人がいい
4人が5人になり
5人が10人になり
10人が50人に
50人が１００人に
みんな集まってくる
1人で見るよりみんなで見よう
みんなといると楽しい
話がはずむあの人もこの人も
前から友達だったように
話がつきない
笑いあり話し合い
別れも忘れて
やっぱり1人でいるより
みんなといたい
みんな待ってるよ

誰もいない駅
誰もいない町
行きかう人もいない道
誰も住んでいない家
みんなどこへ行った
こんな素晴らしい自然を捨てて
田んぼもあった畑に人が働いていた
柿の実も赤く熟れて
誰も取らない木が淋しそう
野山をかけ回る子供の声が
野草を摘んで持ち帰った
それだけでそれだけで
生活が明るかった
腰の曲がったおばあさんもいた
道ゆく人に話しかけ笑ってた
みんな何求めて去っていった

こんな天気のいい日
山は輝いているだろうか
山は呼んでいるだろうか
花が咲いて待っているだろうか
山に手を引かれ
歩いていればいつか着く
時々花に立ち止まり
景色がまた素晴らしい
私が行けなくても
山が私に思いを伝える
さあ頂上に立とう

少ない未来はぼんやり見える
今戻れるものなら
引き返して走っていこう
老い身を哀れんで
つれ戻されるのか
逃げるほど若くはない
年に逆らわず来た道を
ふり返り少しずつ細くなる道を
わき目もふらず歩いていけば
どこかで誰か抱きしめて
くれるだろう

鳥を追いかけて
飛んでいけたら
どこまで行くのでしょう
鳥よ待って
あなたはどこまでいくの
この広い空を
自由に飛べたら
どこへでも行ける
何でも見える
だけどだけど
帰って来れるだろうか

介護は何でもやってあげる事ではない
本人に寄り添って側にいて見守る事
トイレに行くのも歩く事も許されずすべて車イス
介護は車イスが守ってくれる
あとは座っているか寝ているだけ
それは人それぞれ理由があるだろう
歩ける人も歩けない人も
みんな同じに扱われる
忙しさにかまけて1人1人面倒みていられない
みんなやってもらってもう自分でやる事諦めている
自分でやる事がない介護に守られ
黙って車イスに座って1日が過ぎる

１人旅いいなあ
１人で行きたい所
誰かが呼んでいる
私が呼んでいる
１人汽車に乗って
私が行く所私がいる
長い汽車の旅もいいな
本読みながら時々景色を見
止まる駅も素通りして
気ままにただ汽車に乗っていたい

1番でなくていいのよ
2番にならなくてもいいのよ
勉強はいつかあなたがやろうと
思う時がんばってやればいい
他人と比べなくてもいいのよ
他人は他人自分は自分
無理しなくてもいいの
無理すると辛くなる
全部聞かなくていいのよ
自分が思う所だけ
聞いていれば
親は選べないけど
親のいう事は聞いてね
あなたの事愛して
守ってくれる人だから
長い長い人生は
あなたの道だから

食べる物がサプリメントで
行かなくても調べてくれるのが
スマートフォンで
操作するだけで何人でも動いて
くれるのがロボットで
車は運転しなくても走ってくれて
動かなくてもリモコンで
結局ロボットが全部やってくれる
考えるのはＡＩできめる
何もしないでロボットと
スマートフォンがあれば
あなたは何もしなくていい
話すのはスマートフォンで
仕事はオンラインで
もっともっと進歩すれば
10年後どうなっているだろう

私が私の故郷に生まれたのも
そこに私が生まれながらにして
私の人生は決まっていた
もしも私が北海道に生まれていたら
そこにまた別の人生があったろう
もしも私が九州のどこかに生まれていたら
私はそこを故郷として
一生暮らしていたのだろうか
人は生まれながらにして
父も母も決まっているのだろうか
この広い世界にたった１人として
認められている
あなたの命はかけがえのない
たった１人として

山は山は山は今静かです
つけていた葉をすべて落とし
風にゆらゆら寒さに震えています
雪が降っても雪に押し潰されても
強く生きる
雪も木にきれいに咲く
桜の花のように一面白い景色
冬の雪の花
春がくるまで冬を楽しむ
いつか暖かい風が
春をつれて来て
若葉を着せてくれるでしょう

子供を産むより
子供を失う方が悲しい
それでも子供の誕生日は嬉しい
愛を込めて愛を込めて子供を育て
一緒に楽しみ一緒に遊ぶ
子供は宝　いつまでもいつまでも
遠くにいても心は通じ
いっぱいいっぱい楽しんで
共に人生ありがとう
あなたにあなたに
たくさん喜びや
楽しみをもらっている

友よ私の大切な友よ
まだまだ一緒に楽しもう
楽しく語り合い
夜遅くまで話がつきることなく語ったね
友よいつまでもいつまでも
一緒に行こうね
歩けなくなるまで
頑張って歩こうね
スキーもあなたがいたから
楽しかったね
まだまだ語り合いたい
あなたにあなたに
私の大切な友
いつまでも元気でいようね

私の祈りはどこに届く
遠い遠い空の向こうの
その向こうの誰も居ない所
それとも私の心の中に
苦しみ悲しみは
神に届けと祈る
ひたすら神を呼ぶ
何もわからないから
祈りしか知らない

他の牛と草原で
草食べてじゃれあって
仲間もできたろうに
どこへつれていく
何も知らず
ただひきつれられ
行たくないと　も〜と鳴いた
仲間がじっと見送って
誰が止められよう
車に乗っていっちゃった

激しく地面を叩く
すべてを呑み込んで
きれいにしているのか
急ぎ足で立ち去る
どこへ流れてゆく
水たまりをよけ
ピチャピチャ雨をさけ
傘をさして雨の歌うたう
もっと楽しくうたえたらいいのに
ビショビショ濡れて
早く帰りたい

神様が与えてくれた人生を
私はひたすら歩いてきた
時には山に誘われ
時には旅に誘われ
神よ思い出をいっぱいありがとう
私の心の中にある思い出は
今はもういい思い出に
ひたるだけ
私の人生ありがとう
思い出はつれていくね

こうして朝日におはよう言えるのも
こうして山で眺められるのも
山でしか味わう事ができない
そこに山があるから
すべての山がすべてを教えてくれる
山の景色、山の花、山の空気、風のさわやかさ
ここまで来れば山は引きつける
登ってみたいと遠く見える山々に憧れて
私を呼んでいるようと、元気づけ
あの山に沈む夕日を
ゆっくり眺めながら
別れを告げる

今また母思う
時々母思う　遠くへ行った母
もう逢える事もないのに
帰ってくる事もないのに
あなたは今いずこ
ずっと前にずっと前に
あなたはいなくなった
それでも時々思う　母恋し
いっぱいいっぱい話したかった
いっぱいいっぱい聞きたかった
あなたの笑顔
あの時、あの頃、あなたはやさしかった
思い出はよみがえり
何を母と思おう
母は私の心の中にいた

あなたが笑うと私も笑う
何かおもしろいわけでもない
あなたがあまり大きな声で笑うので
私もつられて笑った
ワッハッハッとあなたの笑顔が
おもしろい

わっはっはっはと大きな声で笑うと
楽しいよ何でもないのに
笑っちゃう顔見てると笑っちゃう
笑いをふりまいて
人をひきつける
笑いは楽しい

吉野の山に広がりし
桜匂う
みんなの顔
ほころんで

桜桜桜
こんなに大空に咲く桜
桜の花上を見上げる花は
桜だけ

桜の花びら散った桜
川に帯のように浮かんで
流れてゆく桜の帯がほしい

桜はどこにでも咲く
日本全国桜祭り
桜桜見わたすかぎり
桜を追いかけて
どこまでも

スイスアルプス
私をこの地に
いつの日かの夢今ここに
遠い所に私がいる
この地の山も花も景色も
この胸におさめ
幸せに胸躍る
遠い地に我を包み込んで
すれ違う人々は
異国の人
人々の中に私がいる
夢のような
遥か遠くへ来たもんだ

人生とは
喜怒哀楽なり
生きるとは
食べる事なり
人間とは
祈る神あり

身体の中に何かいる
身体の中に誰かいる
話す者、考える者、歩く者、笑う者、怒る者
いつも見つめている
毎日私を動かす者は誰
私は動いている
身体の中の何も知らないで
いつの日か私の
年輪が教えてくれるのか
今は静かに全身をまかせて
私という誰かといる

私の人生このままで
この世ともお別れの時
悲しいのはみんなに逢えなくなる事
別れは辛い
もう逢えないと分かった時
涙が出るもう少し居たいと思っても
神はつれていく
残された人もやっぱり同じ気持ちだろう
永遠の別れもう逢って話もできない
楽しく暮らしたいのにそれもできない
それが悲しくて
でもみんなそうやって辛い別れがあった
私もいつの日か
辛い別れが来るだろう

感じること
これは何？
あれは何？
これはおいしい？
歩けるかな？
持てるかな？
行くの面倒
感じて触って
食べて遊んで
話して前向いて
下向いて上向いて
頭が動いている
頭が教えてくれる
感じること　大事だよ

気をつけよう
何事に関しても
気をつけないで亡くなった人
ちょっとの油断
慎重に慎重に
気をつければ防げたのに
例えば車
例えば山で
例えば歩いていて
例えば階段で
例えば何処でも
危険がいっぱい
気をつけよう慎重に
そうすれば楽しく生きる

重い胸
何が詰まっているだろう
いろいろ考えている事が
重たくて外に投げられない
石のように固くなって取れない
この重さが取れれば
す〜と眠れるのに
ますます固くなっていく
何だろう　何だろう
この重さは
胸の中に収まって
出ていかない
あゝこの石くだけてくれないか
それとも遠くへ投げて
すっきりしたい
もうすぐ朝だ

雪も解けて春がくる
春は駆け足でやってくる
知らぬ間に
いつか雪も解けていた
水がザァーザァー流れていく
流れた跡に花が待っている
春の花が
やっぱり春だ春だ
空には春の雲が浮かんで
優しい春が爽やかに
頬を撫でる

悪い物は何ですか
治せないものですか
老化ですか
身体の中から何かが出ていった
無理するなとストップがかかったのか
何が悪い
何処にいった
ずっと今まで身体の事
心配した事なかったのに
歩きも動きも坂も
元気が身体から出ていった
いよいよ来たか
これからこの身体と付き合って
大事に動かなければ

$\frac{1}{3}$ は出ていった

老いの身が悲しい

幸せはあなたに逢えた事
幸せはこの地に生きた事
幸せはきれいな花に逢えた事
幸せはあなたが産まれたこと
幸せはほらふわふわと
浮かんでいる
幸せは何処からともなく
やってくる
幸せを掴もう
逃げない内に
幸せを追いかけよう
幸せはあなたがいること
幸せは山の向こうにも
あった
幸せいっぱい
ありがとう

私は人に寄り添ってきた
ずっと寄り添ってきた
寄り添う人はやさしかった
右に左に前に後ろに
いつも誰かいた
ありがとう
今になって分かった
幸せは行く事
やる事、話す事
みんなありがとう

本は公園で読む
あなたに逢いに公園に行く木陰で
ベンチに座って本を開く
爽やかな風
やさしい日差しに
心は本に向かう
子供の声　道行く人
時々目をやり
優しい音楽として
心は本に向かう
暫く本に没頭して
そろそろ帰ろう
落ち葉が風に舞う

おへそって大事なんだなあ
赤ちゃんと繋がって
そこから赤ちゃんに栄養が
すべての器官が繋がって
何て不思議な生命
闇の中でじっと成長していく
大事な大事な命
あなたに逢える日
楽しみにおへそ撫でる

山の畑にイノシシが来て
我が物顔で美味しいもの
食べて去っていく
シカや、クマや、サルや
動物が何のためらいもなく来て
腹いっぱい食べて去っていく
ねえ、それ私達の食べ物よ
「全部食べないで少し残していって」
動物は腹いっぱい太り
作った人はストレスと労力で
やせ細る

動けなくても歩けなくても
起きられなくても食べられなくても
全部やってあげるのではなく
手伝ってあげる
少しでも出来る事手伝ってあげる
ほらできるでしょう
ほら歩けるでしょう
立つだけでもいいの
少しつらくても自分で出来たこと
誉めてあげる
まだまだ大丈夫
車イスなしで
なんとか頑張れる
エライと誉めてあげよう

山の本見ながら
いつか行こう
今は行けないけど
なぜに山はこんなに
美しいのだろう
いつか行けるなら
ここがいい　ここもいい
コロナで３年
介護で３年
本を広げて山を見る
１人本と旅をする
それでも私はいつか
行く夢がある

私の足跡は
山に残っている
私の歩いた足跡は
もう消えているのだろうが
私の心の中に残っている
歩いた道は残っている
いっぱい残っている
頭の中に心に花も

読みたい本がいっぱいあるのに
見たいテレビもいっぱいあるのに
新聞もいっぱいたまっているのに
作りたい料理もいっぱいあるのに
行きたい所もいっぱいあるのに
山にもいっぱい行きたいのに
私はどれを捨てよう
いやみんな捨てられない
私の人生あと10年
あるかな？
捨てるという事は諦めること
もう少し長生きさせて下さい

里山の古い家の中に
荒屋の戸を開けたら
中は暖かい人の温もりがあった
その中で感じるものは
外棟の荒れた姿より
家の中に人の温もりが
山で採れた山菜のおもてなし
新しい物は何もなく
長い長い生活の年輪が
家の中にある
年老いた夫婦の
思いやりが伝わってくる
外の畑は野菜が待っている

家の中に
幸せがある
あの家の中にも
みんな集まれば
幸せがある
日々同じ暮らしでも
大きな幸せは
数える位でも
多くを望まない
幸せは
今あなたのそばに

私は山を歩いたことが
今の私の幸せに
つながっている
いつどんな時でも
山を思い出せば
幸せになる
それだけでそれだけで
私は幸せを感じる
つかんだ幸せは
逃げない

人の話はちょっとした
会話の中に宝物のような
光るものがある
あなたに逢って良かった
忘れられない言葉は
大事にしよう

この世に花がなかったら
きれいがなくなる
どんなに淋しい事でしょう
この世に鳥がいなかったら
この世に虫がいなかったら
この世に動物がいなかったら
会話のない世界に生きている
人間以外の生きもの
海の中に魚の世界
そこは、そこで生きている
この世で仲良く生きていけたら
でも時々魚のお世話になり
動物のお世話になり
全てに感謝の心で生きよう

外を歩くと若葉の香りが
近づいてくる
我らに春の息吹を
教えてくれる
あゝいい香り
手に包んで持ち帰りたい
今だけ今だけね
もう少し大人になって
独り立ちしてりっぱな
強い葉が夏の暑さに耐えるだろう
今この時緑の中を
森林浴と共に歩こう
風に香る若葉と共に

心に浮かんだこと
脳に伝えて
出来るか出来ないか問う
出来ると思うと
脳が教えてくれる
出来ないと決めつけると
脳が黙る
諦めるのか　逃げるのか
脳と相談して
脳に問う
出来る　大丈夫と思えば
助けてくれる
脳に問え
出来ると問え
出来ない事を考えるな
出来る事問え

無理があるの
スムーズにいかない
無理があるの
休もう
ここで少し休もう
無理を押して
いい事もあるけど
悪い事もある
人生長い糸が切れないように
傷まないように
長い目で見て
人生楽しもう

私がもしあなたに
嫌な思いをさせた時
あなたを傷つけた
私があなたにやさしくした時
私もあなたも喜ぶ
1人で満足するか
人を悲しませて喜ぶか
いい事は他の人にも伝わる
3人で喜ぶか
4人で大勢で喜ぶ
悪い事も人に伝わる
そして仲間を作る
いい事していい仲間作ろうよ
その方があなたも
みんな幸せになる

身体は飛んでいく　どこまでも飛んでいく
思いが飛んでいく遠くにも行ける
この地に身体を置き思いは飛んでいく
あの青空の下を歩いている
あの雪原を滑っている
あの地平線をどこまでも歩いている
あの高みを目指して私がそこに居る
私は飛んでいる　私はどこまでも
飛んでいる

私だけの私　なんて素敵だろう
私だけの私　神によって生まれた私
そしてみんなの中に私がいる
たった１人の私がいる
朝が来て　私の一日が始まる
私という私　みんなもたった１つの命
大事に　大事に　大事に生きよう

みんなみんな違うんだよ
顔も違うように　あなたがそこに
いるだけで１人の人間だから
あなたの思いも　あなたの考えも
あなただけのもの
あなたがいるだけで
いいんだよ　それだけでいいんだよ

著者プロフィール

伊藤 タヤ子 (いとう たやこ)

1947年、岩手県九戸村生まれ。
趣味は旅行、山登り、読書、花観賞。

日々思いのままに

2024年12月15日　初版第1刷発行

著　者　伊藤 タヤ子
発行者　瓜谷 綱延
発行所　株式会社文芸社
　　　　〒160-0022　東京都新宿区新宿1－10－1
　　　　　　　　　電話　03-5369-3060（代表）
　　　　　　　　　　　　03-5369-2299（販売）

印刷所　株式会社エーヴィスシステムズ

Ⓒ ITO Tayako 2024 Printed in Japan
乱丁本・落丁本はお手数ですが小社販売部宛にお送りください。
送料小社負担にてお取り替えいたします。
本書の一部、あるいは全部を無断で複写・複製・転載・放映、データ配信することは、法律で認められた場合を除き、著作権の侵害となります。
ISBN978-4-286-25928-4